Fernand BURIER

VICHY

A VOL D'OISEAU

OU

VICHY RIMÉ

VICHY
TYPOGRAPHIE A. WALLON

VICHY

A VOL D'OISEAU

OU

VICHY RIMÉ

Châlets impériaux dans le Parc de Vichy

Fernand BURIER

VICHY

A VOL D'OISEAU

OU

VICHY RIMÉ

VICHY
TYPOGRAPHIE A. WALLON

1869.

MA CARTE DE VISITE

F uyez rêves dorés, B onheur, folle jeunesse;
E clipsez-vous! le temps, U sant de son pouvoir;
R ejaillit sur nos traits : R ides, verte vieillesse,
N ous montrent l'horizon, R avivé d'un point noir.
A rtiste, auteur, poète, I l est écrit sans cesse :
N e chantez que pour vivre E t vivez sans espoir;
D es parfums du grand air R espirez la richesse!...

Artiste lyrique, poète - improvisateur.

PRÉFACE A MES LECTEURS

Produire et publier petit ou grand ouvrage,
Rien n'est plus vétilleux; il faut un fier courage.
Entendre très souvent un piètre lecteur
Faire à votre volume un accueil peu flatteur;
Arrivant près du port, sombrer, faire naufrage!
Cependant dit Boileau : « *La critique est facile*
Et pour en faire autant c'est chose difficile. »

Alanterner, je sais que tu n'es pas très fort,

Mais tu n'as pas besoin d'imiter ROCHEFORT;
Esprit vif, exalté, trop raide en politique,
Sans pitié, vomissant, un venin sarcastique.

Laisse donc le public juger ce grand hableur,
Et suis, de ton esprit, le souffle inspirateur.
Cherche et mitige enfin ce trop d'effervescence
Tendant à raviver les mauvais jours de France.
Entonne au lieu de guerre, un chant : « *L'Hymne à la Paix.* »
Un peuple aussi vaillant que le peuple Français
Retrouvera toujours son ardeur belliqueuse,
Si l'ennemi voulait passer le Rhin! la Meuse!

L'ORIGINE DES BAINS

L'origine des bains
Doit dater des Romains,
Mais la première classe,
Debout, toujours en place,
Sous un règne de sang
En vit les fondements.
Ce fut sous Louis XVI
Avant quatre-vingt-treize.
Ce bon roi vénéré,
Que le monde a pleuré,
Victime de la France,
De son effervescence,
Mourut sur l'échafaud
Par le fer du bourreau.
Son épouse Antoinette,
Vint y porter sa tête
Laissant sur l'avenir
Un sanglant souvenir.
Ah! faisons qu'il s'éteigne
Dans nos cœurs, l'affreux règne
Qu'un long crêpe de deuil
Couronne son linceuil.
Le soin est à l'histoire
De venger leur mémoire
Nous! peuple, de gémir
Devant ce grand martyr.
VICTOIRE! ADÉLAIDE!

Cœurs d'or, âmes candides,
Tantes des deux vaincus
Apportaient leurs écus
A Vichy, ces princesses
Faisant forces largesses.
Mais la mort vint, sa faulx
Plongea dans les tombeaux
Ces noms chers à la France
Qu'ici chacun encense.
Alors, fut en suspens
De si nobles élans
Et la première classe
Ne découvrit sa face
Qu'en mil huit cent vingt-neuf
Fini, complet et neuf.
Si j'ai bonne mémoire,
Possède cent baignoires.
Bienfaitrices ! dormez !
Près de Dieu, reposez !
Songez que sur la terre,
Le Baigneur vous vénère
Vos noms sont immortels,
Vos bienfaits éternels.
Toujours sous les BOURBONS
Le vieux NAPOLÉON !
Par ce dernier naguère
Ce héros, las de guerre
Le vieux parc fut planté
Forme encore sa beauté.
Par lui, l'épais ombrage
Montre son vert feuillage,
Redis ce nom fameux
Retourné vers les Cieux
Dans l'immortel Parnasse,
Où Dieu marqua sa place.
Le beau parc, sur l'Allier
Par son cachet princier,
Ses sentiers, avenues,

Ses châlets et ses vues,
Ses embellissements,
Ses bosquets ravissants;
Sont dus à la présence
Du géant de la France
Venant tous les étés,
Dans ces lieux enchantés,
Fuyant guerre ou critique,
Lois, discours, politique,
La haine et les combats
Entravant ses états.
Dans ce puissant empire
Ou l'art, progrès respiré,
Flétri par l'envieux
D'un règne glorieux.
Mais rendons lui hommage,
C'est un guerrier, un sage,
Oncle et neveu. Quels noms!!
Les deux NAPOLÉONS!!

A S. M. L'EMPEREUR

N ous étions le quinze août, le Dieu de la nature;
A vait du beau soleil rendu toute l'ardeur;
P rés, champs, moissons et fleurs reprenaient leur parure
O n entendait les cris de : VIVE L'EMPEREUR!!
L 'aigle ornait les drapeaux de ma belle patrie,
É talant à nos yeux; une page, on lisait :
O RIENT! ITALIE! AFRIQUE! et la SYRIE!
N otre devise à nous : L'EMPIRE C'EST LA PAIX!

Paris, le 15 août 1865.

VICHY A VOL D'OISEAU

Quand nous avons passé
Saint-Germain-des-Fossés
Le site se déroule
Et tandis que l'on roule
Sur ce chemin de fer
Faisant un bruit d'enfer ;
Que la locomotive,
Comme une fugitive
Tient en main notre sort,
Pour nous conduire au port,
L'on aperçoit au loin
A droite du chemin,
Trois flèches, deux églises
C'est la Villa promise :
Saint-Louis, ses clochers,
Rue de Nismes perchés.
Sainte-Blaise l'antique,
Sa vieille tour gothique,
Ses vieux décors marbrés,
Ses murs trop délabrés,
Salut, Vichy !!... salut !!
Dans l'histoire, j'ai lu,
Qu'aux dons de la nature,
Dieu combla la mesure.
Par tes eaux, leurs bontés
Tes sites, leurs beautés.
Comme une souveraine
On te proclamait Reine,

Pour ces trésors vantés
Que les Cieux t'ont dotés.
Chez toi vient à la ronde,
De tous les coins du monde
Ouvriers et soldats,
Riches et potentats.
Aussitôt que l'aurore
Parfume, encense et dore
Les jardins, les buissons,
Arrosant les moissons,
Que partout on sommeille
Vichy s'agite et veille.
C'est l'heure où le baigneur
Sur l'ordre du docteur
Dormit-il comme souche
Prendra son bain, sa douche,
On voit de tous côtés,
Les regards ébétés,
A chaque instant paraître,
Entrouvrant sa fenêtre
Vieux et jeunes minois
Semblant fort aux abois
A regret l'on se lève
On fait trêve au doux rêve
On passe un blanc peignoir
Sans souci du miroir,
On se hâte, on s'essoufle,
A mettre sa pantoufle.
Sans natte et faux cheveux,
Noir indien aux yeux,
Sans fard ni maquillage
Sur son charmant visage
Un peu d'eau sur les yeux
Et puis l'on est au mieux.
Bonne ou mauvaise mine,
On met sa capeline,
On court prendre son bain
Sans lait, eau de Lubin.

AU SORTIR DE LA GARE

Commençons ma revue
De la gare à la rue.
En poursuivant ma course
Du vieux parc à la Source
Je m'arrête et je lis :
Route ici de Paris.
Rien d'extraordinaire
Sur mon itinéraire,
L'aspect est commerçant,
Fréquenté, très-mouvant
Du départ, arrivage,
C'est le plus grand passage.
Quartier très-populeux
De l'habitant des lieux ;
On se heurte sans cesse
Aux loueuses d'ânesses,
Colporteurs, maraîchers,
Cocotiers et bouchers
Bruits de toutes natures
Omnibus et voitures
Les pisteurs des hôtels
Aux refrains éternels,
Cris du commissionnaire
Pour une course à faire.
C'est un bruit sans pareil
A hâter le réveil
A donner l'insomnie
A l'aristocratie.

Rassurez-vous, lecteurs,
Baigneuses et baigneurs,
Ce n'est point là qu'habite
Du gentlemen, l'élite.
Nous arrivons enfin
Vers les Quatre-Chemins :
La ville se dessine
Prend sa plus belle mine ;
Je vois un écriteau ;
David Cerf le bourreau !
Exécuteur dentiste,
Néanmoins bon artiste,
Pose dentiers et dents,
Que c'en est épatant.
Pour la mâchoire indique
Le soin hygiénique.
Et pour les raffermir,
Possède un élixir,
Eau, poudre dentifrice
Pour ce sain exercice.
Là ! le quartier Burnol
Semble égayer le sol,
Cachet, style et figure ;
Tout prend noble tournure.
Des cafés, restaurants,
Des marchands élégants,
Villas, maisons meublées
Saines, vastes, aérées,
Magasins nouveautés,
Très-jolis, bien montés.
Le premier à ma vue,
A titre : **Au coin de rue.**
Jaconnas, calicots,
Laines, jusqu'aux tricots
Des bals, vend les sorties,
Les velours, les soieries,
C'est le d'Antin, Cluny,
Le Louvre de Vichy.

En face, le **Prophète**,
Semble faire sa tête,
Etant le fournisseur
Tailleur de l'Empereur,
Au-dessus de sa porte,
Un écusson il porte,
Et possède à Châlons
Siége de sa maison.
Plus loin des poteries,
Des belles broderies,
En paille le panier,
Qué l'on fait dans l'Allier.
Bonbons et pain d'épice,
Produits de Cannes, Nice;
Des bijoux, du corail,
Le portrait sur émail,
Foulards, parfumeries,
Gants et coutelleries,
Des buffets, patissiers,
Modistes et merciers,
Un véritable artiste
Férary, le dentiste.
Pôse, extirpe une dent
Sans douleur, lancement.
Il poussa l'art dentaire
A sa plus haute sphère,
Ses clients sont nombreux
N'en est que plus heureux.
Hirschler, le pedicure
Fait ici bonne cure,
Il est avec honneur,
Celui de l'Empereur.
Je vois un gros libraire,
Chez lui, pour se distraire
On a romans, journaux,
La *Gazette des Eaux.*
Ses bons mots, sa platine
De plus, sa bonne mine,

Font de **Jules Cesar.**
Un partisan de l'art,
Il a dans l'œil un air
Du Schaunard de Murger.
L'été se fait artiste,
Ecrivain, journaliste.
Le gai Roger-Bontems
De son département.
Le **Café de la Perle**
A belle clientèle ;
Je le cite en premier,
Son maître est Taillandier.
Le Nouvéau, **la Terrasse**
Au même rang se place
L'un ! pour les officiers
L'autre ! bourgeois, rentiers
Services convenables,
Les patrons sociables
Le Théâtre Pouillien,
Clopin, clopant, maintient
Ses frais de gaz, affiches
Sans être des plus riches.
Ceux de location,
De réputation.
Le Casino pour l'art
Lui prend sa large part.
Pourtant ses prix minimes
Lui font quelques intimes
Des voyageurs, bourgeois
Y viennent quelquefois
Sans fracas, sans toilette,
Sans besoin d'étiqu-tte,
Sans frous-frous, sans lorgnon
Sans faux-cheveux, chignon.
Car l'aristocratie
Fi ! ne se mésallie.
Elle ! au milieu d'un bock
Style à la Paul de Kock

Humerait, c'est bizarre,
L'odeur d'un vieux cigare
Des pièces de, Thémis
Qui datent de l'an dix.
Ce serait peu régence,
Surtout de circonstance,
Buffet par **Chanonat**
Un pur sang auvergnat.
Au vieux parc **la Rotonde**
Voit l'élite du monde,
Soir et matin l'on va
Savourer son moka,
Liqueurs, bock, bavaroise,
La glace, à la framboise
Les maîtres de Céans
Sont polis et charmants
Les garçons au service
Sont vifs à l'exercice.
On cause, on boit, on rit,
Tous les jours chez **Henry.**
A l'autre extrémité
De ce vaste café,
Je vois la succursale
De sucre, eau minérale
Un pavillon, dépôts
Du produit de ses eaux.
Sucre d'orge et pastilles,
Chocolat et vanilles,
On vend un peu de tout.
Les sels sont à tous goûts :
Pilules digestives
Provenant des eaux vives
En tous lieux exportées
Pour leurs propriétés.

LE VIEUX PARC

Le vieux parc bien qu'aride
Est d'un style splendide,
Chêne, ormeau, peuplier
Ont l'aspect, noble, altier,
On entènd sous l'ombrage
De l'oiseau, le ramage,
Rossignol ou pinson
Gazouille à l'unisson.
Au lointain la fauvette
Fait avec l'alouette
Dans les blés, les buissons,
Chorus à nos chansons.
Chante!... c'est ta devise
Sème ta vocalise
Petit oiseau du ciel
Ton sort est sans pareil;
Tes chants donnent la vie,
Et le mortel t'envie,
Tu ranimes nos cœurs,
Vieillis par les douleurs,
Et quand, de branche en branche
Ton corps frêle se penche,
Pour te voir voltiger,
Tu sembles, messager,
Venir de la patrie
Nous dire: Espère et prie;
En te voyant l'on dit:
Il vient du Paradis.
Le printemps te ramènes
Pour adoucir nos peines,

Egayant les saisons
Le seuil de nos maisons.
Nous retrouvons sans cesse
Ta gaieté, douce ivresse,
Le soleil, les beaux jours,
La chaleur, les amours.
Les fleurs, et leur verdure,
Notre riche nature
Seigles, blés, la fenaison :
Fructueuse moisson.
C'est pour notre souffrance
Un baume à l'espérance.
On espère au présent
On attend tout ! du temps.
Chante gai volatile
Accours d'un vol agile
Mêler tes chants jolis
Aux doux bruits des cris-cris.
Chanter ! c'est la jeunesse,
Trop tôt vient la vieillesse,
Ne plus aimer, jouir
Bien triste est l'avenir.

A S. M. LA REINE HORTENSE

H élas ! dans quel séjour, ta belle âme immortelle
O sa-t-elle emporter sa dernière étincelle !
R eine au cœur virginal, le présent, l'avenir
T raduit tout ton passé ; c'est un long souvenir,
E n écoutant cet air que ta muse chérie
N ous composa jadis : *Partant pour la Syrie* ! !
S on écho frais et pur est toujours émouvant
E t résume en ton fils son règne de *géant*.

Les Sources principales

Mais ma m'use m'entraîne
Du sujet qui m'amène,
Que d'hôtels, de villas,
L'on voit à chaque pas
Autour de ce repaire
Charmant quadrilataire.
Dans toutes les maisons
Pullulent a foisons
Malades, impotents,
Même les bien portants ;
Fuyant le bruit des villes
Pour l'air pur des charmilles.
C'est pour eux, chaque été,
Repos et Liberté !...
On y brave l'intrigue,
De l'hiver, la fatigue,
Au fond d'un frais bosquet
Ombragé de muguet
On cherche, au lieu d'étude,
Calme, paix, solitude.
Les jeunes et les vieux
Les pauvres, les heureux,
Chacun cherche à l'envie
A renaître à la vie.
On vient se mettre au vert
Pour l'automne et l'hiver ;
On se presse on se pousse
Boire l'eau de la source

Aux sels ferrugineux
Des plus sains, généreux.
Soit à la **Grande-Grille**
Dont le bouillon pétille.
Quarante-deux degrés
Ont vanté ses succès.
Les malaises chroniques,
Gravelle ou lymphatiques
Du foie affections,
Rate ou digestions,
Les caleuls biliaires,
Chez nous très-ordinaires ;
Elle guérit souvent
Que de cures par an.
Un grand remède au mal,
C'est l'eau de l'**Hôpital.**
Pour les hémorrhagies,
Les nerveux, gastralgies,
Des ovaires, tumeurs
D'estomac, pesanteurs.
Mieux que la Grande-Grille,
Par sa richesse brille
Offre beaucoup d'appas
Aux baigneurs délicats ;
Sa chaleur tiède et pure
Fixe, température
A trente et un degrés
Hiver comme l'Eté.
Vient l'eau des pulmonaires
Phtisies ou poitrinaires
Ces cas souvent rebels
Sont pour le **Puits-Chomel.**
Si j'ai bonne mémoire,
Le cas respiratoire.
Puis vient **les Celestins**
Pour la goutte et les reins,
Soulageant sans mystère
Le calcul urinaire.

Ses moyens tempérés
Sont quatorze degrés ;
Elle guérit, tient tête :
Au mal le diabète !
Vient la **Source du Parc**
Ayant corde à son arc.
Propriétés utiles,
Digestions faciles.
La force de ses eaux
Apaise bien des maux.
Très-forte en carbonique
Pour les crampes, coliques
Elle a vingt-deux degrés
De force et de bontés.
Enfin, messieurs et dames
Vient la source **Mesdames.**
Ayant seize degrés,
Riche en propriétés.
Guérit de la chlorose,
Calme le front morose.
Anéantit souvent
Les acretés du sang.
Guerre aux pâles couleurs
Détruit jusqu'aux flueurs.
Trés-douce et symphatique
Aux femmes lymphatiques
Aux hommes soucieux,
Délicats et nerveux.
Bref ! la source est prospère
Rajeunit, régénère.

LE NOUVEAU CASINO

Sous la Véranda

Au bout de l'avenue,
Quelle superbe vue
Un chef-d'œuvre de l'art
Charme votre regard.
Une belle sculpture,
Riche d'architecture,
Découvre les tableaux
Du **Casino des Eaux.**
Au fronton, deux cadrans
Marquent l'heure et le temps.
Trois royales entrées,
Aux mille fleurs semées :
Jasmins, magnolias.
Muguets, camélias,
L'oranger, la verveine
Se découvrent sans peine,
C'est un rêve idéal,
Parfum oriental
Humide de rosée,
Et d'haleine embaumée,
Apportant les matins,
Parfums suaves, fins,
Bustes et candélabres
Cachés entre les arbres,
Etincellent le soir,

De feux charmants à voir.
Eclats, beautés, lumières,
C'est une cour princière,
Un luxe étincelant
De roses, diamants.
Maintenant prenons place.
Du haut de la terrasse
Détaillons la beauté
De l'Eden enchanté.
Premier effet magique,
Un salon magnifique
Apparaît à nos yeux,
Elégant, gracieux,
C'est le salon des fêtes,
Bals, concerts des fillettes,
Les joyeux rendez-vous
Des vieux, jeunes et fous.
Que de fois sa musique,
Large, grave, excentrique,
A chassé le souci
Conduit par **Accursi**
Jadis par **Bernardin**
Couronna doux hymen.
Aux accords d'une valse
Un mot d'espoir se place.
On juge par les yeux,
La réponse aux aveux.
Ce mot dit : Je vous aime !
On répond : Moi de même !!!
C'est le commencement
De l'Eternel roman.
Le souvenir en aide,
J'y vis le **Roi de Suède**
Rire, danser, valser,
En vrai roi s'amuser.
Le **Kédive d'Egypte**
Donner avec sa suite
Un soir: concert et bal

C'était plus que royal
Des fêtes, les salons
De suite, revenons.
Le jour, c'est l'ordinaire
On peut, pour s'y distraire
Dilater au clavier
Son doigté d'écolier
Et chacun à sa guise
Roucoule ou vocalise.
La maman du divan
Écoute son enfant,
Qui chante ou interprête
Les Nôces de Jeannette,
Le grand air de Mignon,
Romance d'Henrion.
Ici, c'est la baigneuse
Maladive et rêveuse.
Plus loin, à cet accord,
Un baigneur ronfle et dort.
De tous côtés, l'on cause,
On se dit douce chose,
On parle élections
De l'opposition.
L'auteur de la *Lanterne*
Est mis à la poterne,
L'un dit : ce serait fort
D'élire **Rochefort.**
On parle comédie,
Des nerfs, de maladie,
Mais plutôt de **Cabel**
Que de **Raspail, Bancel,**
Là, notre politique
A perdu sa tactique
Elle est calme au repos
Au plus grand *statu quo.*

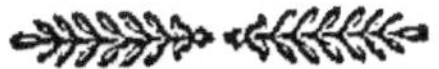

LE SALON DE LECTURE

Mais une porte s'ouvre,
A droite, je découvre
Un salon de bon goût
Goûté par dessus tout.
Le salon de lecture
Découvre sa parure,
Un silence profond
N'a rien qui me confond.
Chacun lit en silence
Fait sa correspondance
On voit tous les journaux
Comptes-rendus des eaux.
Siècle ou l'*Indépendance*,
La *Liberté*, la *France*,
Moniteur de l'Empire,
Petit journal pour rire
Berlin, Saint-Pétersbourg
Arrivent chaque jour.
L'*Univers*, la *Patrie*.
Les *Arts*, la *Comédie*,
Le *Figaro*, *Gaulois*
Y font fureur parfois.
Les *Débats* et la *Presse*
Sont demandés sans cesse
Faisant guerre au *Rappel*,
A l'*Eclipse*, au *Réveil*,
Vichy, l'*Hebdomadaire*,
Le *Programme* ordinaire
Le *Nord*, l'*Opinion*
Et l'*Illustration*.

Pour l'anglais, ses intimes :
Le *Morning* et le *Times.*
L'*Avenir national,*
Le *Nain, Petit Journal,*
Et du sexe : la *Mode*
Est un journal commode
Ah ! j'allais oublier
Messager de l'Allier.
J'ai vu, c'est un peu raide
Le *Sport, Vélocipède*
Des romans, feuilletons
Des feuilles de cartons.
Journaux : *Paris-Caprice*
Ayant lécteurs, lectrices.
Salut public, Progrès
De Lyon ont grand accès.
Tribunaux, la *Gazette,*
Le *Droit* autre interprête,
Le *Journal de Rouen,*
Charivari, le *Temps.*
Bref ! les opinions
Des grandes nations.
Trop pour la politique,
Assez pour la critique.
N'oublions pas les parts
Que je laisse aux canards.

La Salle des Jeux

Traversant le salon
Où l'esprit se morfond,
Une porte s'entrouvre,
Je me hâte et je trouve
Tabagie et joueurs,
Croupiers et spectateurs.
Je vais et je m'avance,
Tantôt bruit ou silence,
Rien que le tapis vert,
Où l'on gagne et l'on perd.
Lecteurs ! ! hasard ou chance,
Brillez-y par l'absence !
Les jeux sont l'écarté
Le whist ou le piquet.
Le baccarat, roulette,
Sont exclus de la fête.
Vichy n'est pas Wiesbaden
Ni Spa, Baden-Baden.
Dieu ! que c'est rococo ! !
Auprès de Monaco.
Ah ! le jeu se termine ;
De chacun quelle mine.
L'un est à la gaieté,
L'autre est tout épaté.
Le veinard prend sa prise,
Et l'on refait la mise.

A droite est le gagnant,
A gauche le perdant.
On cause et l'on discute,
Quelquefois on s'insulte,
Alors, bruit infernal,
Effrayant bacchanal.
Quittons cet atmosphère
Qui ne m'inspire guère
Jamais cartes et jeux
Ne charmèrent mes yeux

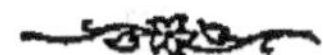

A L'AUTEUR DE *GAËTANA*

En France, à l'Etranger, ton talent d'Ecrivain,
Devient de jour en jour, plus fameux, c'est certain ;
Mais je craindrais, pour toi, que ta verve puissante,
Oubliât ses limites, on la dit si frappante !
N'écoute pas toujours ton souffle créateur,
Dans tout, sois modéré, tu le dois comme auteur.

A ton âge et doué de ton intelligence,
Bien des littérateurs rêvèrent la puissance ;
On les a vus grandir et tomber tout à coup,
Un proverbe très-vieux le résumera tout :
Trop embrasser parfois ! L'on est souvent ABOUT !

Châtillon-sur-Seine, le 12 mai.

LE THÉATRE

Arrivons au théâtre
Ah ! je sens mon cœur battre,
Je reste émerveillé
Suis-je bien éveillé ?..
Véritable merveille,
Où l'art vit, se réveille,
Un séjour enchanté,
Grâce et légèreté,
Un luxe de moulures,
De talents en peintures.
Monarques, souverains
S'y sont donnés les mains.
La loge impériale,
Jours de galas étale
Les armes de la cour
Sous un flot de velours.
Nous admirons ses fresques,
Abeilles, arabesques ;
J'ai vu plus d'une fois
Oui ! NAPOLÉON III.
J'entendis la marquise,
PATTI : voix ! vocalise !
De Cabel j'ai fêté
Le chant plein de clarté,
Dragons, *Ambassadrice*
Eternisent l'actrice.
Caïd, *Bijou*, *Lara*,
Mignon, et cœtera.

Qui nous mit en extase
Dans Faust, reine Topaze
C'est l'Eternel talent
De la diva **Miolan**,
Quel rossignol, fauvette,
Dans Roméo, Juliette,
Même à Vichy : **Roger**
N'y fut pas étranger.
Le Français, le Lyrique
Et l'Opéra-Comique,
Gymnase, Italiens,
Les Bouffes Parisiens,
Sont venus chaque année
Y faire une tournée,
Mais j'oubliais encore :
Naudin, Capoul et **Faure,**
Geoffroy! Samson! Deschamps!
Leroux; quels beaux talents!
Nilsson, la blonde fille,
Germain du vaudeville,
Nathan, Rosa-Didier,
Le joyeux **Berthelier.**
Levassor, sa binette,
Roi de la chansonnette.
Nathalie et **Bressant**
Madeleine Brohan
Ma foi, je me résume,
Il faudrait un volume.
Les loges, les fauteuils
Les stalles, quel coup d'œil,
On admire sans cesse
Le fini, la richesse.

SALON DE BILLARD

Parcourons sans retard
La salle de billard
Salon très-ordinaire
N'est pas sans commentaire
Quoique peu fréquenté
N'exclut l'utilité
J'ai vu des mains de maîtres
Etre ses interprêtes.
A ses effets soumis,
Citons : **Barthélemy**
Son jeu fin vous amorce,
Est de première force ;
Vous surprend par ses coups
A vous rendre jaloux
Soit le carambolage,
Le coup dur ou massage
Excelle dans cet art
Du beau jeu de billard.
On y fait peu la poule
On y voit moins la foule
Mais aux moindres besoins,
Toujours aux petits soins
Le service est potable,
Le garçon convenable.

Salon de Conversation

Bef !r sortons et en face
Admirons-en la place.
Le sexe masculin
Est exclus : féminin
Sans-souci de la blouse,
Du billard, une épouse,
Se livre au piano
Aux dames, dominos
Dessine ou bien griffonne
Cause, brode, chiffonne,
L'une au fil, aux cotons,
L'autre lit : feuilletons,
Romans, littérature,
Dessin, carricatures,
A la mode, aux crochets,
Voir même au jeu d'échecs.
La langue se dilate
A se rompre la rate :
On a l'audition
Des conversations.
Ce n'est que broderies,
Crochets, tapisseries,

LE KIOSQUE DE MUSIQUE

Mais j'entends des accords
D'où partent-ils encore ?
Au square de musique
Quel coup d'œil féérique
Jardin, le jour, la nuit,
Des mille et une nuits.
Un ruban de verdure,
Lui forme une parure,
Sa feuille d'un beau vert
Cache la grille en fer,
On y voit de grands arbres
De nombreux candélabres,
Des kiosques aux coins
Sont tenus avec soins,
Bazars dont l'élégance
Ont la prépondérance.
L'un y vend des bijoux
Et s'appelle Nantoux.
L'autre, la porcelaine,
De Gien, ancienne,
Celui-ci, broderies
Beau choix de lingeries
Importante maison
Que celle de **Didon**.
La vente est à prix fixe,
Elle possède à Nice,
Boutique principale
Outre la Succursale,
Street Rivoli : Paris.
Au cent quatre-vingt-six,

Trousseaux, riches layettes,
Chemises, chemisettes,
Robes, jupons brodés,
Les hautes nouveautés.
On fait tout sur commande,
Les entre-deux, la bande,
Camisoles, bonnets,
Aux nombreux abonnés.
Cet autre vend l'eau vive,
Châteldon, Hauterive.
Le kiosque au milieu,
Flatte le goût, les yeux.
Un orchestre d'élite
Vous charme, vous invite,
On prend chaise ou fauteuil:
Quel aspect ! quel coup d'œil !
Le prix des plus infimes
Est de vingt-cinq centimes
Les toilettes du jour
S'y font voir tour à tour.
La musique, à les croire,
Pour eux, n'est qu'accessoire.
Mais pardon !! soulignons,
On fait exceptions !!
On vous lorgne, on vous darde,
On cancanne, on bavarde,
On critique vos goûts,
On parle un peu de tout.
On jase et l'on jabote
Quand passe une cocotte
Au bras d'un daim, crevé,
Avant peu décavé.
Plus loin, vieille coquette
Vous taille une bavette,
Quand passe tout près d'eux
Un couple un peu moins vieux.
Quolibets sans finesse
Lui vont à son adresse :

« Comme elle a le pied grand,
« C'est un couple allemand.
« Voyez donc ce physique.
« Ah ! c'est par trop comique,
« Yeux, nez, bouche et la dent
« Font un joli pendant. »
Toute cette satire
Ne trouble pas l'**Empire.**
On voit de temps en temps
Des bals pour les enfants
De charmants bébés roses
Sautillent, font leurs poses
Faisant rire aux éclats
Par leurs joyeux ébats.
Folâtrez, ô jeunesse !
A vous la gentillesse ;
Nous ! ! ce temps est passé,
Le présent l'a chassé !

AUX BÉBÉS

Dédié à ma sœur Mme la comtesse d'Espéries

Charmant enfant au doux visage,
J'aime à te voir,
Sauter, danser sur ce rivage
Matin et soir.

J'aime d'écouter ton langage
Ange des Cieux,
Pur, enfantin comme à ton âge
Doux, gracieux.

J'emporte, ami, de mon voyage
Un souvenir.
Tu le liras sur une page
De l'avenir ! !

Le 15 juillet 1869.

Mais l'orchestre s'apprête,
Accursi, sa baguette
Va donner le signal
Du concert ou du bal.
Polkas et fantaisies
Brillantes et choisies
Quadrilles, redowas
De **Strauss**, les mazurkas
Pour le mélancolique,
La musique classique:
De **Gluck, Adam, Mozart**,
Nos grands maîtres de l'art.
De **Schubert**: sérénades
Masini, les ballades,
Halévy, Meyerbeer,
Haydn, Grétry, Weber
Que de pages sublimes
De souvenirs intimes
L'illustre **Rossini**,
Wagner Paganini.
Que d'œuvres de mérite :
Rienzi, Favorite,
Clapisson. Boiëldieu
Offenbach le joyeux.
Châlet, Juive, Africaine,
Nos œuvres souveraines
Salut ! **Auber** ! Auteur :
Premier jour de bonheur,
Et puis l'**Aimé Maillard**
Ses *Dragons de Villars*
Mais passons aux artistes,
Tous, excellents solistes
Citons à vol d'oiseaux
Les talents les plus beaux.
Quels sons purs et splendides
Moreau, l'ophicléïde
Les sons doux, villageois
De **Reine**, le hautbois.

Orsi, la clarinette,
A des sons de musette.
Espaignet, le basson
De religieux sons.
Vient le violoncelle
Où **Vandergucht** excelle,
Brunel, le premier cor,
Promet d'être très-fort :
Mais il faut étudier
Steenebruggen, Vivier,
Cors de Belgique et France,
Leur méthode et science,
Puis **Dupré**, le trombonne,
Son embouchure étonne.
Chavanne, le piston,
Elégant, de bon ton
De son talent s'efface,
Que de chic et de grâce,
Génin, la grande flûte,
Avec **Damarré** lutte,
Comme succès, talent,
Le dernier est charmant,
Quels écrins d'harmonie,
De pures mélodies,
Pour charmer vos plaisirs,
Désœuvrés ! vos loisirs,
Vous ! heureux de la terre ! !
Ici, c'est votre sphère.
Le modeste écrivain,
Lui ! pour gagner son pain
Compose, écrit, rimaille,
On dit : « c'est la canaille ! ! »
Pendant qu'un parvenu
Jadis, presque tout nu,
En dix ans fit fortune
Force trous à la lune,
Qu'est-ce que cela fait ?
C'est un homme parfait,

Qu'il soit lettré, godiche,
Il paie, il est très-riche,
C'est comme un certain comte,
Sans remords et sans honte
Prend pour femme une enfant
Sans demander son rang.
Légitime ou batarde,
Est-ce qu'il y prend garde ?
En dot a des écus.
Et lui n'en avait plus.
Point de mésalliance
Devant pareille chance,
Il sera, l'animal,
Procureur-général.
Son épouse est comtesse,
Lui ! puise avec ivresse
Dans ce beau coffre-fort.
Où s'amoncèle l'or.
Elle a pourtant un frère,
Plongé dans la misère,
Poète ou comédien,
Ma foi ! !.. ne me souviens.
L'orgueil de la noblesse
Efface en sa jeunesse
Les souvenirs du temps
Pour cet amour des sens
Pour un présent qui flatte
Elle est sans cœur, l'ingrate
Sans âme et amitié,
Sans la moindre pitié.
Allons, beauté si fière,
Saluez la misère
A la hotte, au chiffon !
Comtesse de carton,
Mais, qu'as-tu, valetaille ?
Allons, écris, rimaille !
Et dis sans avoir tort,
Bien injuste est le sort.

Que la philosophie
Soit ton plus beau génie,
Un jour tu peux encor
Etre vainqueur à bord.
L'ingrate? on la méprise ;
Quand son luxe vous grise.
De peur d'être envieux,
On fuit loin de ses lieux.
Retrouvant chez les autres
De plus dignes apôtres,
Nobles d'esprit, de cœur,
Soit; Prince ambassadeur,
Riches par la naissance,
Nés pour la bienfaisance,
J'en cite un au hasard,
Comme adepte de l'art.

AU FILS DE SON EXCELLENCE
LE PRINCE ORLOFF
Ambassadeurs de Russie à Bruxelles

V is! charmant bébé rose, en toi c'est la candeur
L 'avenir t'appartient : Titre, gloire et splendeur
A l'amour de ton père, il fallait une idole,
D ieu vient de compléter sa gentille auréole,
I l va bientôt grandir, et comme un papillon
M archer sans voir l'écueil, creusé dans le sillon
I l vivra pour aimer son bon père et sa mère,
R espirant sur la terre, un bonheur éphémère

O h ! vis ! cher petit ange, et songe qu'ici-bas
R ien n'est aussi fragile, offre si peu d'appas.
L e monde est hérissé d'orgueil, de jalousie,
O n délaisse le beau, l'amour, la poésie
F olâtre donc enfant, sans rêver l'avenir,
F olâtre, et du poëte, ah garde un souvenir !

Reprenons notre ouvrage,
Avec calme et courage,
Visitons en premier
Le **passage Noyer,**
De **Jacob** on voit l'arche
Non pas du patriarche,
Le magasin !... pardon !
Rendez-vous du bon ton.
Où règne en souveraine,
Faïences, porcelaines,
Les lustres, les miroirs,
Très-curieux à voir,
Venant de Saxe et Chine,
De Delft aux couleurs fines.
Pour porter à ses lèvres,
Coupes venant de Sèvres,
D'Afrique, les bijoux,
Parant vos jolis cous.
Les têtes couronnées,
Ont, depuis des années,
Bien souvent achetés
Ses produits tant vantés.
La grâce et l'élégance
Vous accueillent d'avance.
Quel passage charmant !
Que de produits l'on vend.
Hôtels, boutiquiers rares,
Autour des deux parcs, squares,
Que d'agréments le jour,
Parent ce beau séjour,
Prenons-le pour programme,
Pour tous, faisons réclame,
Utile à ces vendeurs,
Acheteurs ou baigneurs.
J'aperçois des coiffures,
Chignons, maintes parures,
C'est **Méchin** le coiffeur,
Dit-on de l'Empereur

A côté, faisant suite,
Un fabricant d'Egypte
Vend burnous et manteaux
Foulards les plus nouveaux
Produit asiatique
De l'Europe et d'Afrique
Ce n'est que broderies
Cannes et parapluies,
Fruits confits et bonbons
De toutes les façons,
Bustes, tableaux, peintures,
Parfum oriental
Par trop sentimental.
Pour embaumer vos chambres
Tabac turc, corail, ambres,
De tous côtés on lit :
Sachets, muscs, patchouly.
Je vais vous faire encore
Goûter l'eau de Saint-Yorre
Les pastilles des eaux
De la source **Larbaud,**
Produits des eaux gazeuses
Pures et sulfureuses
Aux sels ferrugineux
Exportés en tous lieux.
Aux quatre coins du monde,
De Paris à Pékin,
De Canton à Nankin.
Intermède comique !!
En voyant la boutique
De ce faux joaillier
Au larynx délié.
Comme il vous entortille,
Vantant son or qui brille
Son beau strass, diamant
Suivi du boniment.
Malgré tout, quoiqu'on dise,
Vous arrache une prise,

Disons sans lèsiner,
C'est **Claude Framinet.**
Baigneurs, je vous invite
A lui rendre visite.
Vous avez l'agrément
D'en avoir pour l'argent.
Un kiosque soudain
Me barre le chemin ;
Fouillez dans votre poche,
Puis à la maison **Roche,**
Achetez ! c'est si bon ;
Sa boîte de bonbons.
Le produit, seul, unique,
Que lui-même fabrique
Voyons sa qualité
Et sa propriété :
En trois mots, je résume
La **Gomme** pour le Rhume
Fait de fruits pectoraux
Du Puits-Chomel les eaux.
Qualité la plus fine
Pour l'estomac, poitrine
Prenez donc son adresse
Et seriez-vous en Perse,
Pour un bien faible port,
La recevrez encore
Pour un prix très-infime,
Timbre de 20 centimes.
Un chinois m'apparaît,
Ses trois chiens havanais.
Sa longue chevelure,
Pend jusqu'à sa ceinture,
En passant près de lui
Vous sentez son produit :
Des essences très fines
Articles de la Chine.

Imprimerie Wallon

Si le baigneur touriste
Poète ou journaliste
S'inspirant de Musset
Prend route de Cusset,
Partout sur son passage
Un rien l'inspire, engage
A chanter, composer,
Décrire et s'amuser.
Nul besoin de lorgnettes
Pour voir en grosses lettres
Ecrit ce joli nom :
Vous devinez?... **Wallon.**
Tout aussi populaire
Que son *Hebdomadaire.*
Tout marche à la vapeur
Chez ce grand imprimeur.
L'on voit toutes ses presses
Marcher grande vitesse.
Voir ses comptes-rendus
Imprimés, prospectus,
Les travaux littéraires
A vingt mille exemplaires,
Le Théâtre du jour,
Son succès ou son four,
Programme des acteurs,
Brochures des auteurs,

Vignette ou fantaisie,
Prose ou bien poésie.
Je dirai plus encor
Sur bronze, argent et or
On y fait la gravure
Portrait d'après nature.
Des armoiries, des fleurs
De toutes les couleurs.
On fait l'autographie
Et la Typographie
Des collaborateurs,
En chef, le rédacteur,
C'est LUI !! c'est tout le monde
Esprit, talent abonde
Ulbach et **Alphonse Karr,**
Lacan, Germain Picard,
Petit le peintre artiste
Et caricaturiste,
De bons compositeurs
Protes et correcteurs.
L'ordre et l'activité
Font sa prospérité.
Le Wallon qui l'habite
En permet la visite.
Chaque an, chaque saison,
S'agrandit sa maison.
C'est de la Compagnie :
La grande imprimerie.

—⁂—

GARE DES EXPÉDITIONS

En face sur la route,
Sans que cela vous coûte
Voyez ces bâtiments.
C'est de là qu'en tout temps
On fait aux nations,
Les expéditions ;
De cette eau minérale
Qui n'a pas sa rivale.
Quel cachet dans ces lieux,
C'est vraiment curieux.
Bruit frappant vos oreilles
Des millions de bouteilles
Remis aux encaisseurs
Des mains des camionneurs,
Venant des verreries
Puis avec symétrie.
Rendus aux ouvriers
Aux nombreux employés.
On assiste au rinçage
Ainsi qu'à l'emballage
On y voit les dépôts
De l'Europe, les eaux
Pour les départements
Les plus environnants.
Quel entente, exercice
Mouvement au service
Mais celui des bureaux
Surpasse nos tableaux
Travail et politesse
Ont exclus la paresse.

De nombreux employés
Instruits, bien élevés
Vous font voir l'œil du maître
Chaque instant apparaître.
Aussi rendons honneur
Au vaillant Directeur
De cette compagnie
Qui l'a si bien choisie.
Malgré l'eau salutaire
Vichy par lui prospère,
Il a l'œil, il sait tout,
Du baigneur suit le goût.
Une verve féconde,
De plus, homme du monde,
Surtout homme de cœur
A l'appel du malheur.
Par lui l'élan se donne,
Le premier, vous étonne
Par son humanité
Sa touchante bonté.
Aussi fut-il bien digne
D'avoir sur la poitrine
Des mains de l'Empereur
La noble Croix d'honneur.

A L'EX-CHEF D'ORCHESTRE DU CASINO

B ellini, Straus, Weber, Donizetti, Mozart
E talent à Vichy leurs beautés idéales.
R aviver le passé de ces géants de l'art.
N otre muse aurait trop de perles musicales.
A toi seul, Maëstro de nous les savourer,
R endre à ces immortels le beau de leur génie.
D ieu t'a donné le feu pour les régénérer ;
I llustre ton bâton des rois de l'harmonie
N ous viendrons t'applaudir et de plus t'admirer.

Vichy, le 10 août 1868.

LA ROUTE DE CUSSET

Poursuivons ma revue :
Qui paraît à ma vue ?
Omnibus et chevaux,
Paniers, fiacres, landaux,
Superbes équipages
D'élégants personnages
Coudoyant l'ouvrier
Bourgeois, souvent à pied
Côtoyant tour à tour
Les beautés d'alentour
Le fleuve et la rivière
Tous les deux poisonnière
En premier : le Sichon
L'Allier en second.
Le pêcheur, la pêcheuse
Venant l'âme joyeuse
D'un petit hameçon
Prendre le frais poisson.
Trop souvent mettre en fuite,
Perche, tanche et la truite.
On entend au lointain,
Un éternel refrain.
Le cri de la grenouille
Ou le crapaud qui grouille
On voit brebis, moutons,
Les vaches, les dindons,
Bergers et bergerettes
Sans chien et sans houlettes.

Puis la mare aux canards.
Où ceux-ci font leurs lards.
De riantes vallées,
Mesdames, les allées,
A gauche un frais ruisseau
Complète son berceau.
Après l'onde et la plaine
Le trefle et la luzerne
Bluets, coquelicots,
Anesses, bouricots,
Piétons et bipède,
Jusqu'au vélocipède.
Nous admirons enfin
Au détour du chemin,
Une villa fleurie
C'est là **Sainte-Marie**
Puis **Cusset**, me dit-on,
Le chef-lieu du canton
Il possède deux sources
Ayant grandes ressources
Effets, bontés, fraîcheurs
Leur font des amateurs,
Mais la ville est d'un triste
Nulle pour le touriste
Première station,
Digne d'attention,
Menant à l'**Ardoisière**
Ainsi qu'au **Belvédère**.
Quels parfums éthérés
Dans ces lieux adorés
Ce dernier lieu, dit-on,
Connu par ces chapons,
Nourris gras, comme moine
Sans rebulet, avoine;
En tous lieux exportés
Et de plus fort goutés.
Quel engraisseur habile,
Que ce **Martin-Odille**.

Son domaine se trouve
Sur un mont ; l'œil découvre
Sans cesse à chaque pas,
De beaux panoramas.
On aperçoit, en somme,
Le Pic du Puy-de-Dôme,
Riom, Moulins, Clermont,
Thiers, Gannat, Montluçon.
Ravissant paysage,
Gai, riant et sauvage,
Imposant sans pareil,
On croit monter au ciel.

AU ROI DE SUÈDE & DE NORWÈGE

C'est sous ce ciel glacé, ce blanc manteau de neige,
Hermine au lys royal que tu règnes, ô roi :
A te voir, chaque jour, passer sans nul cortége
Rien ne peut mitiger, le cœur, d'un doux émoi.
Les arts, la poésie et surtout la peinture
Eternisent chez toi, l'*Egalité*, la *Loi* ! !
Saisis donc ton pinceau, *peintre et roi*, c'est nature.

Quand Dieu mit dans ton âme un reflet poétique
Un sceptre, une couronne, un souffle inspirateur,
Il jugea qu'en tes mains le fardeau politique
Ne pouvait qu'embellir, surtout croître en splendeur
Zélé fils d'un vieux roi, ta puissance magique,
Est des lois, du pays, le Régénérateur ! !

Vichy, le 25 juillet 1867.

LE VIEUX CASINO

ET LES BAINS

Arrivant vers les bains
Sous sa voute soudain,
Dieu ! quel cachet sévère,
Quelle tiède atmosphère !
On sent que là !.... baigneurs
Prend ses bains de vapeur
Degrés, la suffisance,
Prescrit par l'ordonnance.
Comme aspect imposant,
Simple est le monument.
Trois portes principales
Donnent accès aux salles,
Par un large escalier,
On arrive au premier.
Salons de jeu, théâtre,
Jadis ont fait bien battre
Votre cœur, votre argent,
Attirés par l'aimant.
Maintenant, quel silence
Sert d'étude à la danse
Le Vestris du salon,
Cellarius dit-on.
Six piliers à la voûte,
Protègent notre route,

De droite et gauche, on voit,
Apparaître à la fois :
Un salon de lecture,
L'autre vend la brochure,
Pour cinq sols, le premier,
On lit, fait son courrier,
Politique ou la bourse:
Vous avez la ressource.
Arrivons au milieu,
Le vrai but dudit lieu.
Un couloir se présente,
Un cabinet d'attente,
Nous sommes donc enfin
Dans les salons du bain.
Que de corps affligés,
Dans ses eaux ont nagés.
Les maux de toutes sortes
En ont franchi les portes.
Que de souffrants venus,
N'y sont plus revenus.
Prolongeant chaque année,
Leur fin prématurée.
D'autres, chaque saison,
Ont vu leur guérison.
Soyez sage, ô jeunesse !
Terrible est la vieillesse ! ....
Le directeur des bains,
Le fameux couple **Prin**
En sait bien quelque chose
Des maux à toute dose.
Les rois, les souverains
Ont passé par leurs mains.
Serviteurs populaires
Du noble et du vulgaire.
Grâce à leurs soins, bontés
L'ordre et l'activité ;
Vous marque votre place
Selon le rang, la classe.

Permettez sans raison,
Cette comparaison.
Et loin d'être confuse
Laissez parler ma muse.
Combien de fois, le jour,
Voyez-vous tour à tour
Passer riche toilette,
Une noble coquette
Affichant des appas
Souvent qu'elle n'a pas.
Montrant, devant derrière
Talents de couturière
Corps délabré parfois
Sous un joli minois.
Une beauté postiche,
Mais en écus très-riche.
Avec un négligé.
Ayant tout mitigé ;
Sa forêt de dentelles
Nous la rende plus belle ;
Une mule, un soulier
Lui faisant petit pied.
C'est un bien joli rêve
Qui bien vite s'achève.
O désillusion !
Triste déception !..
En soulevant le volle
Qui couvre cette étoile,
Que voyez-vous de beau ?
Rien ! !. ce n'est que du faux
Quand quittant sa mantille
Elle se déshabille
On pensait voir au jour
Des formes, des contours,
On aimait sa nature,
Son beau corps, sa figure,
On voyait un essaim
De trésors ; un beau sein,

Une teinte rosée
Sur sa tête posée,
Sans rides, de beaux yeux,
Le regard langoureux,
Tout était beau, jupons,
Chemise et pantalon.
Mais otez le corsage,
Bien laide est votre image.
On voit l'humanité,
La triste infirmité.
Quelle pâle figure,
La voir d'après nature ;
Seul est beau son réduit.
Sur la table de nuit,
Gît ! près d'une console,
De cette vieille folle
Un très-beau ratelier
Qui n'est pas le premier,
Du lait antéphélique,
Des plantes balsamiques,
Blanc de perle et carmin
Pour raviver son teint.
Crâne jusqu'à la nuque
Supporte tour, perruque.
Des nattes, des chignons,
Dam ! pour l'illusion.
Pour compléter la mine,
Porte sur la poitrine,
Appas en caoutchouc
Ne valant pas vingt sous.
Il en est au contraire,
Ah ! c'est une autre affaire
Oui ! mais sortons du bain.
J'y gagne grande faim,
Et si l'on ne m'arrête,
Gare à ma côtelette,
Je vais y trouver tout ! !
Jusqu'à l'os de bon goût.

En y courant, parlons
De ce que nous voyons.
Je retrouve ma route
En parcourant la voûte.
Je vois de beaux tableaux
De nos peintres nouveaux.
La carte statistique,
Parfaite et authentique
De notre instruction
En notre nation.
Traité sur la *Gravelle*
Sur la *France nouvelle,*
Par Prevost-Paradol,
L'autre : Leroy d'Etiol.
Outre la librairie,
Portraits, photographies ;
Pour l'amateur lettré,
Tout Vichy illustré.
Du turc, la cigarette,
A la Russe tient tête.
En face deux guichets,
Prix des bains aux cachets,
Le tout très-confortable,
Grâce à l'ordre admirable
Qui règne dans ces lieux,
C'est vraiment curieux.

MÉTAMORPHOSE DU POÈTE

Chroniqueur indiscret,
Divulgons le secret,
Faisons-nous hirondelle
Pour voir plus d'une belle
Atteint, la nuit, le jour
Du spleen nommé **l'amour.**
C'est comme a dit **Molière**
Malade imaginaire.
A travers ses rideaux
Entr'ouverts ! Que c'est beau !
Corps, radieux visage,
Demi-nu, sans corsage,
La nature en son beau,
Exhibe son joyau.
Elle dort !. chut !. silence !..
Que mon œil darde et lance
Sur elle un doux regard
Que ne peut peindre l'art.
De superbes épaules,
Comme on fait les idoles.
Deux beaux bras s'allongeant
Blanc de neige, émouvants.
Puis,comme auxcils,une ombre
Se voit dans le pénombre,
L'œil à l'extrémité
En saisit la beauté,

Duvet, comme le Cygne
Un point noir, joli signe.
Traits ! ravissants atours
Ah ! c'est trop pour l'amour.
C'est une blonde fille
Seize ans, son cœur pétille,
On veille à sa beauté
Dans la chambre à côté
Une porte en est close,
Là ! sa mère y repose,
Elle attend un mari
Pour son enfant chéri.
« Rose ou bien Marguerite,
« Ta pétale s'agite
« Qui donc va te cueillir ?
« Un jour t'appartenir ?
« On dit ta maladie
« N'être qu'une lubie
« Vichy, toute son eau
« Pour toi, n'est qu'un vain mot.
« Je connais le remède
« Qui doit venir en aide
« Comme a dit Calino :
« C'est l'air du Casino
« Ses concerts et ses fêtes
« Le monde et ses conquêtes
« Un lion, un danseur
« Souvent même un poseur.
« L'hiver, le mariage
« Complète ton voyage
« Total : la **Guérison**
« Au bout de la saison. »
Passons de la fillette
A cette autre chambrette
Moins de velléités
Hélas ! de tous côtés.
Dors en paix, jeune vierge !
Eteignons notre cierge,

Laissons pomme au pommier,
La rose à son rosier ;
Faisons-nous simple mouche
Et bravons l'air farouche
Du malade souffrant
Hélas ! plus d'un tourment,
Proverbe dit sans cesse :
« Santé, passe richesse. »
Sans repos, sans sommeil,
L'œil toujours en éveil,
Son âme est dans l'attente,
Et son corps se lamente,
Son mal il le maudit
Attend son paradis.
Presque alité, sa vie
Est peu digne d'envie.
Quittons l'air, les vapeurs
De ce lit de douleurs
Voyons la nouveauté
De la chambre à côté
Selon mon bon caprice
Fuyons par l'interstice
Tiens !... deux jeunes époux
Filent des jours bien doux.
Au coucher, au réveil
Toujours lune de miel.
En voilà deux malades !
Peu fort sur les panades.
Unis un beau matin,
L'époux et son butin,
Quittent vite la noce
Pour mieux briser l'écorce
De la vierge au front pur,
Aux yeux d'un bleu d'azur.
Je respire sans peine
Son souffle, son haleine ;
Fatigué par les sens,
Dort ainsi qu'à seize ans,

Elle rêve et s'agite
Son beau sein blanc palpite
Les cheveux bruns épars
L'entourent avec art.
Puis ainsi qu'une abeille
Bourdonne, et puis s'éveille
D'un baiser bien nourri
Embrasse son mari.
C'est une douce ivresse,
On lui rend sa caresse,
Dans un doux abandon,
Se plonge Cupidon.
Mais je serai trop leste
Vous devinez le reste
Et pour vous le narrer
Je crains de m'égarer.
Fuyons donc cette place
J'y vois par trop de grâce
Mes sens sont agités
Devant tant de beautés.
Visitons au plus vite
Le flot cosmopolite
Allant noyer aux bains
Leurs maux ! pauvres humains !
Epoux, célibataire,
Vieille fille ou rentière,
Une chaise à porteurs
Où perclus de douleurs
S'agite jeune encore
La femme à son aurore.
Là ! c'est un bon papa
Tatonnant chaque pas
Appuyé sur sa fille,
Sa canne ou sa bequille.
Laboureurs, vignerons,
Avocats et maçons,
Princes, ducs et duchesses,
Barons, comtes, comtesses,

Les moines, les curés,
Soldats ou députés.
Jusqu'aux mines rêveuses
De nos religieuses ;
A Vichy sont égaux
Devant l'effet des eaux.

A MM. BANCEL & LÉON GAMBETTA

DÉPUTÉS AUX CORPS LÉGISLATIF

Bientôt nous te verrons à l'œuvre, ô député !
Arborant ces grands mots : PEUPLE ! PAIX ! LIBERTÉ !!
Nous te verrons tenir ton serment politique
Comme tu renias ta muse poétique
Etendant sur la France un drapeau vieux, sanglant :
La République, enfin, votre dada des temps !

La jeunesse du siècle au peuple fit appel
Et Paris et Marseille ont battu leur *rappel*
On cherche, en leur élu, du passé, peu de chose,
N'ayant pour tout fleuron que : *Baudin*, triste cause

Gagner, simple inconnu, ce titre immérité
A la France, je dis : *Ou court la Liberté ! !*
Mais si pour te séduire, ô peuple, l'éloquence
Brave tout, suffit pour l'oubli, l'indifférence,
Eh bien ! *Fabvre*, chez toi, trouva ses renégats.
Talent, souffle profond, valant dix *Gambettas*,
Tourne vers *Rochefort*, *Bancel*, *Raspail*, ton vote,
Ah ! pauvre *Liberté ! !* je te vois dans la crotte.

Salle de Spectacle du Casino de Vichy

Hotels & Villas

Voyez à chaque pas
Les hôtels, les villas
Briller par l'élégance,
Le bien-être et l'aisance,
Citons avec honneur :
Hôtel : **Ambassadeurs** ! !
Un luxe de toilettes,
De cachets, d'étiquettes,
Possédant vingt salons
De superbes balcons,
Pour abri, deux cents chambres,
Pour loger tous ses membres
Puis aux bals des saisons,
Pullulent à foisons,
Gente aristocratie,
Elegante et choisie,
Par invitations,
Recommandations ;
De chaque hôtel : Baigneurs !
Chez lui, font les honneurs.
Des fleurs et des lumières
Des richesses princières ;
Deux splendides salons
Dont on ne voit les fonds.

Sorbets, glace et champagne
Vins du Rhin, Allemagne.
Tous les ans du nouveau
Au grand hôtel **Roubeau.**
La **Paix,** l'hôtel des **Princes**
Où descend nos provinces.
Le français, l'étranger
Vient s'y régénérer,
De tous les coins du monde,
De par la terre et l'onde
On y trouve le soin
Qu'un baigneur a besoin,
Le bien-être et l'aisance
Mitigent sa souffrance.
Hotel du **Parc Germot,**
Dit-on, est des plus beaux,
Suisse et Grande-Bretagne,
Amérique, Allemagne,
En juin, juillet et août ;
S'y donnent rendez-vous.
Les mets sont délectables.
Les vins fins, confortables,
Fruits, primeurs ou dessert
Gâteaux, nougats, l'on sert.
Voyez à quelque pas
Sa charmante villa,
Riche par la sculpture
La belle architecture ;
En fait un monument
Splendide et ravissant.
Pour la riche famille,
Le confort, luxe, brille.
Le service est bien fait.
Les maîtres sont parfaits;
L'utile et l'agréable
Unis au confortable.
Le grand hôtel des **Thermes**
Est entre des mains fermes

Service, activité,
Fait sa prospérité.
On y trouve à l'envie
Bien être et sympathie.
Vaste, commode et grand
Est tenu par **Maussant.**
A côté, se dessine,
Sur cette même ligne,
Un modeste châlet,
Qui n'est pas le plus laid.
C'est ici que réside,
Le talent qui préside
Aux plaisirs du baigneur,
C'est : **Callou**, directeur,
Puis un toit en ardoises,
Une maison bourgeoise
Du savant inspecteur
Durand-Fardel, docteur.
Dirigeant les eaux vives
Des sources d'*Hauterive*
Homme d'esprit, auteur,
Même littérateur,
Hôtels, châlets ont vue,
Sur la grande avenue,
Façades de devant
Ont l'aspect imposant;
Devant comme derrière.
Commodité princière.
Des cours et des jardins.
On voit les Célestins,
Les squares de plaisance
Du monarque de France,
Le nouveau parc, l'Allier,
Ses rares bateliers,
La source intermittente
De **Vaisse**, l'inconstante,
On dit, sans trop gloser,
Qu'elle nous fait poser.

Rare, par intervalle,
De son eau minérale.
Voyez tous les matins,
Sous la voûte des bains
Un tableau vous dit l'heure
Qu'elle gémit et pleure.
Vous promenant à pied,
Vous traversez l'Allier
Sur un pont provisoire
L'autre fut illusoire.
Le courant l'a détruit,
En un jour, une nuit.
Tout droit, suivant la route
On voit, sans aucun doute
Des fourrés et des bois
Pouvant mettre aux abois.
Froisser les collerettes
De nos jeunes fillettes.
Quand l'œil de la maman,
S'égare par moments,
On se dit douce chose,
Tout est couleur de rose;
Gare à ce Don Juan,
Mieux vaut un prétendant..
Ce dernier sait poser,
Le premier tout oser.
Vertu sous la charmille
Est parfois bien fragile.
Ecoutez mes avis,
A vos sens, une vis
Qui bien vite vous rive,
Ou gare à la dérive.
Pour résultat : les pleurs
La honte et déshonneur.
Je parle et je patauge,
A mon sujet déroge.
Je perdais mon chemin,
Mais j'y reviens enfin,

Je vois la silhouette
Du grand hôtel **Charmette,**
Des boudoirs, des salons,
Pour les réceptions.
Au besoin des familles
Le confortable brille,
Vous respirez enfin
L'air pur d'un beau jardin.
Derrière une sortie,
Toujours verte et fleurie,
Fait angle à votre gré,
Au quartier Montaret.
L'Hôpital militaire,
Lui fait face au derrière.
C'est là que nos soldats
Après luttes, combats,
Réparent leurs fractures
Et leurs graves blessures
Leurs douleurs, ces héros !
Au temps de paix : repos !
Revenons sur nos pas,
Et entrons de ce pas
Maison de **Humblot-Guerre,**
Médaillé d'Angleterre,
De France, bien souvent
Un très-fort commerçant,
Portant haut l'industrie
Sur la coutellerie.
Rappeler ses produits
Seraient par trop d'ennuis.
A **Nice** a succursale,
Ici !.. la principale,
Langres ! la station :
Sa fabrication.
Mais **l'hôtel de Paris**
M'appelle et me sourit,
La maison est un monde
En face est la rotonde,

Le baigneur n'a qu'un pas
Pour boire son moka.
Un jardin magnifique,
Fleur, plante aromatique,
Air sain matin et soir
De la chambre au boudoir,
Salons et table d'hôte
Fait pour charmer son hôte ;
Il vient après Germot,
Et n'est pas le moins beau.
Du reste, il a pour maître,
Un vaillant interprête.
Hôtel **Burnol**, passons,
Et sans plus de façons,
Chez **Nony**, confiseur,
A la source aux douceurs,
Savourons ses pralines
Délicieuses, fines,
Fruits d'Auvergne, abricots,
Parfums, sucres nouveaux,
Pastilles sucre d'orge.
Souverains pour la gorge
Vieille maison, datant,
De **quarante-quatre ans.**
Le baigneur en emporte
Par caisse et on l'exporte.
Puis vient l'hôtel **Velay,**
Si gracieux, coquet,
Une maîtresse aimable
Table, vin délectable,
Pour le chic n'en fait qu'un.
Avec **Bonnet, Mombrun**.
Au bout du parc j'arrive,
Je vais quitter sa rive,
Mais je ne puis finir,
Sans vous entretenir
D'un endroit de plaisance,
Du parc, la quintessence

Après le déjeûner,
Avant, après dîner,
Si votre cœur désire
Folichonner et rire,
Puis, avant le concert,
S'octroyer un dessert,
Tout l'engage et l'invite
A rendre une visite
Aux jeux, soir et matin.
Au sieur **Laurent-Martin.**
Pour voir ses loteries
On y fait galeries,
Son tir au pistolet
Est, de plus, au complet.
Du vieux parc, les dimanches
A l'ombre de ses branches
Il fait courir des prix.
Très-beaux, des plus choisis;
On y fait hippodrome
Pour les garçons, les hommes
Comme jeu d'actions
Pour les digestions,
Il a le bon remède,
C'est le vélocipède,
Exercice échauffant,
Vous l'apprend pour dix francs
Pour plaire à la pratique,
A lui pompon, tactique.
Il a jeunes minois
Pour vous mettre aux abois.
On rit, on glose, on jase,
Parfois un vieux vous rase,
Vous fait-il un peu l'œil ?
On lui fait bon accueil.
L'attirant, la coquette,
Soit au jeu de roulette.
Amenant le badaud
A gagner le gros lot.

Mais très-souvent du reste,
Il remporte une veste,
Au tourniquet laissant
Son espoir, son argent.
A chacun son commerce
En ce monde s'exerce,
Ah ! c'est un homme fin,
Que ce **Laurent-Martin.**

A MARIE CABEL

M a muse a rencontré la gentille fauvette
A u gazouillement pur, au timbre gacieux ?
R ien qu'à la voir passer, le rossignol en fête
I mitait ses accents qui font rêver les Cieux.
E t moi, je contemplais !.... J'étais leur interprète !!

C hante célébrité ! brillante cantatrice
A Vichy, l'univers t'applaudit tous les ans
B rille au sein des succès, charmante ambassadrice
E t soumet tous les cœurs, à ta voix, à tes chants,
L es bravos et les fleurs te sont toujours propices.

Vièhy, le 1 juillet 1866.

La Source Lardy

Sur la **Source Lardy**
Que de biens on en dit ;
Ses effets sont magiques,
En produits carboniques.
Comme aux Acacias,
Ou la source Lucas.
Surtout en sulfurique,
Borique et phosphorique.
Résultat minéral ;
Lutte avec l'hôpital.
La chaux, soude et potasse
Ont une large place
De fer, de protoxide.
Est précieux acide.
Outre ses qualités,
Ses effets si vantés.
Guérit la dyspepsie,
Les maux de la vessie,
Les graveleux, les reins
Le catarrhe utérin.
L'urine, incontinence ;
Soulage sa souffrance
Favorable aux fiévreux,
Diabètes, goutteux.
Métrites granuleuses
Et les douleurs nerveuses.
Le chimiste **Bousquet,**
Nos grands docteurs **Bouchet,**

Fuster, Durand-Fardel,
Nicolas et **Prunelle,**
Anglade de Rodez,
Cornil, Martin, Barthez,
Dans leurs écrits, brochures,
Ont décrit leur natures
Chacun leur fait la cour
Jusqu'à la fin du jour.
Et cette eau minérale
A boire est agréable..

A L'AUTEUR DES *GUÈPES*

A uteur, littérateur, très-fort en botanique,
L es guêpes révélaient son talent d'écrivain.
P our s'inspirer, il prit Nice au site exotique
H élas ! sous ce beau ciel jadis napolitain
O n lit : *Sous les tilleuls.* » Mais nulle œuvre nouvelle
N e vient plus égayer notre bel horizon,
S i !.... parfois, une lettre au journal : *Les Nouvelles*
E ternisent son nom et sa profession.

K arr, cultive les fleurs, les roses, violettes,
A la fois est savant, poète et jardinier.
R oi des bouquets, il dort, près des tiges coquettes
R ègne en paix, attendant le jugement dernier.

L'HOTEL-DE-VILLE

ET LES ALENTOURS

Puis vient l'hôtel-de-Ville
Simple et gracieux style
Sans luxe et sans beauté,
Bon goût, simplicité.
Un square, une fontaine,
D'où jaillit une eau saine,
Un tapis de verdure,
Lui forme une ceinture.
On y respire un air
Pur ; mais quartier désert.
Ah ! j'aperçois en face,
Sur un côté de place,
Un simple monument
Bâti nouvellement.
Le télégraphe accoste
Le bureau de la poste.
Tous deux, par leurs *supports*
Ont d'utiles rapports.
Quittant cette esplanade,
Je suis ma promenade.
Qui charme mon regard ?
Son plus beau boulevard.
Quartiers princiers ! royaux !
Que dis-je ?.. impériaux
Protégés par des plantes
Très-odoriférantes,

Orangers, fructias,
Primevère, acacias.
Le premier, à la file,
Celui de **Fould Achille**,
L'autre est au comte **André**
Le noble député.
Vient sans plus de splendeur
Celui de l'**Empereur**.
Le lierre et l'anémone
Lui forment sa couronne.
Des fleurs chaque saison.
Achèvent son blason.
Le laurier dans l'attente,
Autour de lui serpente
Comme un saule-pleureur
Pleure son protecteur.
J'ai vu de la Russie
La princesse Marie,
Epouse d'un français,
Un prince Beauharnais.
Un reste de beaute,
Rayon de Majesté,
Sur son front l'environne,
La ceint d'une couronne.
Le souffle des autans
Semble à ses quarante ans,
Altérer en silence,
Cette noble existence,
L'ensemble de ses traits
Est un des beaux portraits,
Une réminiscence,
Type à la renaissance.
Revenant de son bain,
Je l'aperçus soudain
Avec un petit ange
Beau comme une mésange.
Elle était l'autre jour,
Avec ce bel amour.

Sans cour, sans étiquette,
Une simple toilette,
L'Altesse impériale
Buvant l'eau minérale,
Jouant et folâtrant
Avec ce bel enfant,
Mon cœur eut une extase,
Et ma lèvre une phrase ;
Ah ! j'étais enchanté
De sa simplicité.
Malgré son air sévère,
Et sa démarche altière
J'avais jugé la sœur
D'un illustre empereur.
Mais ma muse m'étonne.
Rêve ! Dieu me pardonne !
Fi ! ma belle, c'est laid.
Revenons au châlet.
Cette auguste demeure,
Trop déserte à cette heure.
Au fond de beaux jardins
Que reverdit soudain
Le courant de l'Allier,
Qui se baigne à ses pieds.
Tout ce que la nature,
A de frais et de pure,
D'éléments les plus doux ;
S'y donnent rendez-vous.
De charmantes prairies,
Toujours vertes, fleuries.
On y voit des rêveurs,
Des prêtres, orateurs.
Autour de ces rivages,
Eternels paysages,
Le peintre et ses pinceaux
En saisit les tableaux.
Que de fois la science,
Y prépare en silence

Soit un sermon, discours
Pour l'église ou la cour.
Autour de ces demeures,
Passent vite les heures.
Que de réflexions,
De contemplations !
Franchissant l'avenue,
En face on a la vue
De superbes châlets ;
Genre d'un style anglais,
Charmants petits cotages
Rappelant les rivages
Des habitants du Nord.
La Tamise et son bord.
De la Grande-Bretagne,
Du Rhin, de l'Allemagne.

A Monseigneur le Prince PAUL DEMIDOFF

Ma muse se réveille à ce grand nom de femme
Ange venu des cieux où s'envola ton âme.
Renais au paradis et deviens immortel,
Il est pour toi, l'Eden créé par l'Eternel,
Etre épouse, être mère et sitôt dans la tombe.

Douleur dont je comprends parfois, l'époux succombe,
Entends, vois ses regrets, sa plainte, ses douleurs
Marie Elim Adieu ! ! fuis loin de nos splendeurs,
Inspire à ton enfant tes vertus, douce image,
Dieu lui donna tes traits, ton gracieux visage
Oh ! ne le reprend pas, laisse-lui l'avenir
Faulx cruelle, la mort ! ! fauchant sans prévenir
Famille ! enfant ! amour ! rien que le souvenir.

AU COMMERCE DE VICHY

Casino de Vichy

CLAUDIUS COUTON

PHOTOGRAPHE

Couton, photographiste,
En son genre est artiste.
Médailles et mentions
Aux expositions.
J'ai vu, ne vous étonne,
Charles XV en personne,
Y poser une fois
En officiers, bourgeois.
Ismail et sa suite
Lui rendirent visite.
Voyez ses beaux portraits
Finis et très-bien faits.
Le jour, la nuit opère,
Qu'importe l'atmosphère,
La pluie ou le beau temps
Il est toujours content.
Phœbus le chaud rayon,
Nuit à son colodion.

CAMP

Rue de Nismes

Réprésentant des crus de Château-Laffitte

Chez **Camp,** l'épicerie,
A Vichy nous ravit.
Moutardes et primeurs,
Hors-d'œuvres et liqueurs,

Raisins secs, fruits confits,
Comestibles choisis.
Un bazar de denrées,
De douceurs recherchées.
Avis à nos baigneurs,
Les gourmets amateurs
Manger ! ! doux exercice,
Nous dit : **le baron Brisse,**
Quels vins : crûs de Bordeaux,
Ceux de **Château-Margaux**
Laffite, Cantemerle,
Du château **Beychemelle,**
Le **Sauterne** et **Pauillac.**
Saint-Julien et **Barsac,**
Le **Bourgogne** et **Champagne,**
Vins du Rhin et **d'Espagne**
Clos-Vougeot, Chambertin,
Tous nos vins les plus fins.
Camp vous fait la remarque
De bien lire sa marque.
Du pays, des maisons
Fait expéditions ! !

A. SAX

Inventeur de L'EMANATEUR-GOUDRON

Prix : 20 Francs.

L'émanateur Goudron
A pour but guérison
Du mal affreux, phtisie
L'air impur purifie.
Chassant l'exhalaison
Qui vient chaque saison

Apporter ces miasmes
Qui nous donnent ces spasmes.
Des maux avants-coureurs :
Du deuil, de nos douleurs.
A **Sax,** messieurs, mesdames,
Décernons-lui nos palmes,
Il en est l'inventeur,
Nous, le propagateur.

GYMNASE PICHERY

MAISON A PARIS, SUCCUSALE A VICHY

Si le cœur vous sourit,
Entrez chez **Pichery**
Faire la gymnastique,
Jeu sain, hygiénique,
Des douches, frictions ;
Plus d'indispositions.
Un puissant avantage.
C'est l'emploi du massage
Pour stimuler le sang,
Lentement circulant,
Tout homme de science
A vanté sa puissance.
Remède souverain,
Surtout après le bain,
Donnant force et cambrure,
Dilatant la nature,
Exercice échauffant,
Résultat bienfaisant ! !
Sa maison principale
Est dans la capitale :
Neuve des Mathurins,
Cinquante-huit, enfin !

COULON

Boucher

MAISON RUE DU MARCHÉ

Mais parlons du boucher.
Pourquoi le retrancher ?
Mais sans lui, pas d'artistes,
De chanteurs, journalistes
Vous fait avoir, gloutons !
Du sang, du nerf, du ton.
Les curés à la chaire
Ne pourraient que se taire.
Pourtant, je le maintiens.
Certains le ferait bien.
Souvent femme raffole
Des rognons, de l'épaule.
Vous l'appelez bourreau.
Quand il immole un veau.
Sans lui, baigneurs, malades,
Seraient à la panade.
Allez donc chez **Coulon**
Pour le bœuf, le mouton,
Le rosbiff, l'entrecôte.
N'est jamais à la côte.
En face le marché,
C'est le premier boucher.

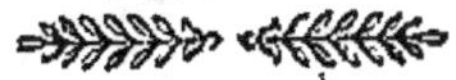

DESAIZE

Au coin de la rue Montaret

MAISON PRINCIPALE A RIOM

Allez, ne vous déplaise,
Au magasin **Desaize,**
Voir l'incrustation,
Pétrification,
La galvanoplastie
Et la bijouterie.
Les reproductions,
Cristallisations.
Par lui, le difficile
Est devenu facile
Par le dégagement
De tous sels composant
L'acide carbonique.
Le gaz sophorique,
Grâce au Gutta-Perca,
Le moule produira
Le dessin, la moulure,
Parfaitement nature.
Coffres, coupes, quels choix !!
Jusqu'au Chemins de croix
Ses médaillons, corbeilles,
Sont chez lui, des merveilles.

REDDON

De Cusset

Maison au marché pendant la saison

Connaissez-vous **Reddon**?
L'un dit oui ! l'autre non !
Aimez-vous le fromage?
Fait du meilleur laitage,
Mont-d'Or et Camembert
Neufchâtel et Chester,
Parmesan, Saint-Nectaire,
Du Brie ou du Gruyère,
Marcelles, Roquefort,
Plus fort que **Rochefort**,
Parfum moins poétique,
Plus goûté sympathique,
Moins piquant, moins vèreux,
Les effets moins scabreux.
Au marché, la pratique,
Harcèle sa boutique,
Facile à deviner,
Son odeur monte au nez.
Cusset, la succursale,
Vichy la principale.

HOTEL PALAIS-ROYAL

Hôtel **Palais-Royal**
N'est pas le plus banal.
Son aspect est charmant,
Le site ravissant.

Posté sur la hauteur,
Des chambres du baigneur,
On voit tous les matins
Le parc des Célestins.
Et puis sur le derrière,
Au lointain la rivière,
Montre son fleuve altier.
Reconnaissez ; l'Allier :
Des fleurs, douce rosée,
L'haleine parfumée
Les parfums du jardin,
Vous ranimeṇt soudain
Tout Vichy dans l'espace
Se découvre avec grâce.
Le service est bien fait,
Les maîtres sont parfaits.
Sans qu'un grand luxe brille,
On y vit en famillle.
La maison du bourgeois,
Et chacun est chez soi.

LAMOUROUX

Coiffeur, rue Burnol

Le coiffeur **Lamouroux**,
Chez lui, le rendez-vous
Des bourgeois, des artistes,
Des dandys, journalistes,
Il est du Casino.
Le vaillant Figaro.
Rarement il nous rase,
Il sait poser la phrase,
Mais comme parfumeur,
Il redevient raseur,
Surtout quand il a prise,
Pour vendre marchandise.

Le Bazar populaire

Le matin au marché,
Vous êtes alléché
Voyant une boutique,
Attirant la pratique.
Combien, me direz-vous ?
Le bazar à trois sous.
Les plus chers, prix minimes
Cinquante-cinq centimes.
Pour ses objets, son prix,
Fait courir tout Vichy,
Son nom est populaire,
Fait sa petite affaire.
On ne peut visiter
Sans ne rien acheter.
Il nous crie, il nous chante,
Pas trois prix dans la vente !
Chacun pourra le voir,
A trois heures le soir,
Faisant face aux vieux bains
A l'hôtel Guillermin,
C'est curieux la foule
Qui de chez lui s'écoule.
Vend des peignes, savons,
Des limes, des boutons
Du cirage, des plumes,
Encriers, porte-plumes,
Aiguilles à repriser,
Et des fers à friser,
De la ferblanterie,
De la quincaillerie,

Albums et agendas,
Ferrure et cadenas,
Couteaux et brosserie,
Faux en bijouterie,
Des objets que partout
On nous vendait 20 sols.

AU PRINCE EUGÈNE

Rue Montaret

Au quartier Montaret,
A Vichy, vous verrez,
Maison du **Prince Eugène**
De ce quartier, la reine
Fait des confections
Pour toutes nations,
Draps de soie et de chine,
Qualités extra-fines
Un choix de draps anglais,
De belges, de français,
Coupe aristocratique ;
Visitez sa boutique.

COMPTOIR INTERNATIONAL

Une place apparaît.
Oh ! qui ne la connait,
La place Rosalie,
A la source choisie,
Ayant nom : Hôpital !
Riche en sel minéral.
Sur un côté de place,
Vous vous trouvez en face,
D'un marchand parfumeur,
Aux suaves odeurs.
Possédant une essence.
Surnommée : **Eau de France**
Chassant les mauvais airs,
Raffermissant les chairs,
Fait de plantes exotiques,
Au parfum balsamique,
Jean Marie Farina.
Auprès d'elle Fouina.
Son savon glycerine,
Vous donne une peau fine,
Et sa poudre de lys,
Est vainqueur sur le riz
A côté l'accompagne
Ses produits d'Allemagne,
Statuette aux biscuits
Légers, riche en produits,
La France ouvre sa porte
A Francfort qui l'exporte.
Un comptoir sans rival,
International.

GAUTHIER

Coiffeur, 1, Rue Lucas

Un figaro-barbier,
C'est **el senor Gauthier,**
Il observe la mode,
Comme un juge: Le code!
De plus intelligent,
Du goût et du talent.
Perruques sur mesure,
Pour cheveux : La teinture.
Sur l'étiquette on lit :
Eau de Sarah Félix,
Ou plutôt : Eau des fées,
En tous lieux exportée.
Coiffures et chignons,
Cravate à profusion,
Peignes et ganterie.
Brosses, parfumerie,
Il vend, 1, rue Lucas.
Faux-cols Bismark, Ruy-Blas
Jusqu'au garde mobile,
Unit le beau, l'utile.

A L'OGRE

Rue de Nismes, en face la rue du Marché

A l'ogre, la chaussure,
Est faite sur mesure,
Belles confections,
Digne d'attentions.

Son magasin étale
Sa mode originale,
Bottines Fénélon,
La mule Cendrillon,
Pour le bal, la soirée,
Cousue ou bien vissée.
Louis XV, un soulier,
Vous faisant petit pied.
Magasin tout en face
Du café : La Terrasse.

Aux Dentelles d'Arlanc

Un court pélerinage,
Au Casino, passage,
J'admire un fabricant
De dentelles d'Arlanc.
Des châles, des guipures,
Toilettes et coiffures.
Celles de Chantilly,
D'Alençon, de Cluny.
Elle est la seule unique,
Elle-même fabrique,
Maison de vente à Pau,
Rue Serviéze très-beau.
Travail plein de finesse,
D'élégance et richesse.
Faites donc vos achats
Chez veuve **Bécheyras.**

LÉOPOLD-MARTIN

AUX CENT-MILLE PETITS COUTEAUX

De Vichy : **Rosalie,**
C'est la place choisie.
D'élégants boutiquiers,
Ont élu leurs quartiers,
En face de la Source,
On se heurte on se pousse.
Aux cent mille couteaux
Les plus fins, les plus beaux.
C'est un bazar immense,
Où l'étranger, la France
S'y donnent rendez-vous ;
Ses prix sont les plus doux.
De la saison, la vente !
Qui surpasse l'attente ?
C'est un heureux produit,
Furore d'aujourd'hui :
Pierre diamantée.
Inusable et vantée,
Repasse les couteaux,
Serpettes et ciseaux,
Aiguise la faucille,
Fer pur, acier qui brille.
Le faucheur pour sa faulx
Non ! n'a plus besoin d'eau
Ni de corne incommode ;
Le progrès la démode.
Médailles et mentions
Aux expositions.

Après cette industrie,
Vient la coutellerie
De Scheffield, Chatellerault,
Nontron, son Chassepot.
Birmingham d'Angleterre,
Des produits de sa terre
Nous fournit les réchauds
Conservant les mets chauds
La fabrique sans peine
Pour deux francs la douzaine.
Vous fournit des couteaux
De table, les plus beaux.
Le tout est à prix fixe.
Jusqu'au gril **Baron Brisse**
Retournant sans façon,
Poulets, rotis, poissons.
Du **légumier.** le moule,
Se vend, file et s'écoule
Cet article vanté,
Est partout acheté.
Le légumier me voile,
Tire-bouchon l'Etoile.
Si fort qu'il soit bouché,
L'enfant peut déboucher.
Pour rincer la bouteille,
Possède une merveille,
Debout, sans se lasser,
Se salir, se baisser.
Voyez si c'est infime,
Donne pour dix centimes,
Pour vendanges : serpettes
Utiles, mignonnettes.
Allez, comme chaland,
Visiter ce marchand,
En outre on a pour prime,
Billet de cinq cents francs,
Sans cours en ce moment.
Sans mentir, il n'y manque

Que le sceau de la banque.
Puis enfin pour finir,
Vous donne en souvenir
La fleur nationale,
Famille Impériale,
La rose et le laurier
Symbole du guerrier.

AMELINE-GUERRE

Rue Rouher, en facé le Casino

Pénétrons sans mystère.
Chez **Ameline Guerre,**
Il fabrique à Dijon,
Langres, Vichy : Maisons.
D'éloges on ne tarie,
Sur sa coutellerie.
Aux expositions,
Médailles, mentions.
On voit chez Ameline,
La faïence très-fine.
De Lorraine et Gien,
D'un style fort ancien.
La haute fantaisie.
De luxe, très-choisie,
Chez lui vous admirez :
Porcelaines d'**Aprez,**
La date de sa vente
Est dix-sept cent quarante.
Illustre par **Jarry,**
Leur peintre favori.

DELORME

Fabricant de toiles à Vichy

Touchant à l'hôpital,
Vous voyez sans égal,
Une simple boutique,
Où le maître fabrique
Les toiles de Vichy,
Connues dans tous pays.
Deux emplois, il cumule,
A l'œuvre ne recule,
Tient l'**hôtel Fénélon.**
De plus, a le bras long.
L'un tire la navette,
L'épouse, la brochette,
Ménage universel,
Dam ! qui n'est pas sans sel.
L'utile et l'agréable ;
Le magasin, la table.

HOTEL DE ROME

Route de Paris, près les Quatre-Chemins

Du **Grand hôtel de Rome**
Je sens un doux arome,
Les parfums les plus fins
Emanent des jardins.
Des maîtres très-affables
Mets et vins confortables,
De beaux appartements,
Luxueux, élégants,
L'œil du maître s'immisce
Aux besoins du service,
C'est un homme très-fin,
Que l'hôtelier **Durin**

DEJOUX

Epicier, rue de Nismes

A la route de Nîmes,
Payons-lui notre dîme,
Le quartier jusqu'ici
Le plus grand de Vichy.
Le commerce y prospère,
Le centre des affaires.
Boutiques à foisons,
Etalent leurs rayons ;
Dejoux, ses comestibles,
Et ses engins terribles,
Des fruits secs et raisins,
C'est un beau magasin.
Partout il est cité
Comme le mieux placé.
Tient l'article de pêche,
Pour la carpe ou la perche,
Filets, ligne, hameçon,
Fait la guerre aux poissons.
La canne et l'épervier,
De plus, grand épicier,
Chez lui, la clientèle
Va, vient, se renouvelle.

LA PHARMACIE CENTRALE

Rue de Nismes

De l'Aristocratie,
Je vois la **Pharmacie**
Centrale à quelques pas,
Offrant certains appas,

A servir l'on s'empresse,
Egards et politesse.
Desbrest est gentlemen,
Chez lui, foule : Goddem ! !
Médicament externe,
Et pour l'usage interne,
Ses pâtes, ses bonbons,
Ses réglisses sont bons.

MAZET

Papetier, Place de l'Hopital

Touchant à l'hôpital,
La place Rosalie,
On voit qui n'est pas mal,
Une papeterie
Attirant nos regards.
Albums de fantaisie,
Crayons, plumes, buvards,
Compas, sténographie,
Ces grands outils des arts,
Cadre à photographie.
La presse à copier.
De lettres, les copies,
Cartables d'écolier,
Venant de la *Sallette*
Objets religieux.
Pour tous les maux de tête,
Ses eaux, bijoux, prie-Dieu.
Prêtres, religieuses,
Viendront le visiter.
Ne pourront, les baigneuses,
Partir, sans voir **Mazet**.

123

PERCEPIED – MAISONNEUVE

Avenue Victoria, derrière l'Hôpital militaire

Un nouveau boulevard,
Ayant le goût de l'art,
Se présente à ma vue,
Sous forme d'avenue.
Villas, hôtels, maisons,
Où vient chaque saison,
S'abriter sous l'ombrage
L'étranger en voyage.
Prim !! l'illustre guerrier,
En a fait son quartier,
A l'hôtel du Mexique,
Gérait sa politique.
Je marche et me renseigne.
Je lis sur une enseigne :
Pétrifications
Pour dessins, médaillons.
Reproduit les peintures,
Chefs-d'œuvres en sculptures ;
Des maîtres immortels,
De **Poussin Raphaël,**
Jamais le temps n'efface,
De leurs tableaux la trace.
De **Bord** ou **Cellini**;
Léonard de Vinci.
Coffrets, coupes et broches
Sont durs comme des roches
Des dessins merveilleux
Flattent le goût, les yeux.
Par l'effet admirable
Des sels, eaux minérales,
Et gratis pro Deo.
On voit tous ces joyaux.
Le maître vous invite
A lui rendre visite.

SCHMOKER

Aux Célestins

Vichy ! Saison des bains
Au bas des Célestins.
Un magasin : grand choix
De sculptures en bois.
L'article de la Suisse,
Variant ceux de Nice.
On peut matin et soir,
Le visiter, le voir.
Magasin magnifique,
En produits artistiques.
Le patron est Schmoker
De Suisse, à Ringgenberg.

GUETSCHEL-WEILLER

Au passage Noyer,
Près le quartier Rouher,
Une belle boutique,
Riche par sa fabrique,
Ici, chaque saison
Fondit une maison
De Nancy, broderies,
Chiffres et armoiries.
L'hiver, Nice et Nancy,
L'été vient à Vichy.
Fournisseur de princesses,
De duchesses, altesses.

FIN.

Vichy. — Imp Vallon.

Vue de la Gare de Vichy

www.ingramcontent.com/pod-product-compliance
Lightning Source LLC
Chambersburg PA
CBHW071124260626
47162CB00006B/2446

9782011292964